어머나,
그렇구나

어머나,
그렇구나

법수 지음

운주사

머리말

수십 년 동안 잠시도 쉬지 못하고 그 무엇에 끄달리어 달려오다 보니 어느 한 순간 쉬는 시간이 주어졌다.

너무나 지치고 지친 몸을 가지고 숨 쉴 수 있는 이 시간에 무엇을 어떻게 할 수 있을까.

이것이 나의 운명이라면 지금 무엇을 할 수 있을까? 수 없이 생각하다 보니 젊었을 때 쓰고 싶었던 것이 떠올랐지만 지금 상태로는 불가능한 일이라서 짧은 문장으로 한 줄 한 줄 엮어보았다.

잠시 몸과 마음을 쉬어 본다. 이제야 아름다운 꽃도 새들도 벌과 나비도 모두 함께 부딪치며 사는 모습이 아름답다.

비 오면 비 와서 병, 가물면 가물어서 병, 걱정 없으면 걱정 없어서 병, 있으면 있어서 병, 모두가 병에 안 걸린 사람이 없다.

중생 노름병을 내려놓으니 아름다운 세계는 언제나 그렇게 있었던 것을……

이 글을 보는 이는 어느 누구라도 마음에 평안을 얻어 앞니가 두 개
드러나는 미소가 있기를······.
바쁜 일일수록 생각의 여유를 가지고, 마음이 와글와글 끓는 분은
마음을 잠시 쉬고 자세히 보다 보면, "어머나, 그렇구나!" 하며 마
음의 느낌표를 그려볼 수 있을 것입니다.
이 글을 쓸 수 있어서 이 세상 모두에게 감사드립니다.

                                              법수 합장

고요

똑똑똑 낙숫물이 귓전에 들린다.
나는 빗물과 같이 젖어본다.
온 몸의 나른함에 따뜻한 이불을 당기어 덮어본다.
온 세상이 고요하고 적적하다.
빗방울이 세차게 떨어져 바윗돌에 부딪치면
내 가슴을 때리듯
쿵 내려앉는 소리가 들린다.
작은 눈물이 내릴 때는 숨소리도 조이며
산 넘어 강 건너 살포시 길 따라 동행하고 싶어진다.

기다려야 되는 줄 아는데

눈보라가 휘날리는 어느 날
뿌리 깊은 나무도 윙 소리로 아픔을 드러낸다.
여기에 작은 새는 빨갛게 시린 세 발가락을 힘주어
나뭇가지에 온몸을 맡긴다.
나무가 엉 울면 나는 더 어지러워
눈을 감고 머리를 가슴에 묻고 나무를 의지하여
숨소리도 아끼며 바람을 맞는다.
세월을 기다리며 머리를 들고 눈 반짝이며
맑은 물 오색의 꽃들이 웃어줄 것을 믿는다.

봄 눈 속의 꽃

눈꽃 속에서
조그만 진주알 같은 꽃잎이
눈을 깜박이며
아! 춥지만
먼저, 태양을 볼 수 있어서 행복하다고
자신의 향기를 더욱 빛낸다.
누구냐고 묻는 이에게
너도 바람꽃이라고
봄바람에게 갓 시집온 새색시같이
수줍게 속삭인다.

더불어 함께

수정같이 맑은 방울방울

너나 나나 분별없이 나누어준다.

모든 생명들이 마음의 꽃을 피우고 이야기를 나누며

너는 누구냐고

나는 누구라고

아주 작은 꽃들도 서로 마주보며

은근한 웃음으로 대자연의 섭리로 서로를 알리고 알린다.

내 마음의 향기를

은근하고 따뜻한 미소에 서로 미소를 반긴다.

너는 연분홍 나는 노랑.

꽃들이 노래하고 봄 나비는 춤추고

연분홍 꽃잎이 함빡 멋을 낸다.

벌도 신이 나서 이 꽃 저 꽃에 숨어

몰래 맛을 보며 고마움을 느낀다.

꽃은

내 마음의 향기를 내놓았더니

누구나에게 즐거움을 줄 수 있다는 것을 알고는

더 예쁜 마음을 내야지 한다.

어허라 한바탕 꿈속의 인연인걸

너와 나 인연 찾아 헤매이고 있네.
서로가 님 따라 여기에 왔네.
큰 물결 넘실대는 망망대해를
둘이서 하나되는 소원을 실은
돛배 되어 그님 계신 곳 머물리라.
사랑 사랑 사랑을 하여 봉황처럼
만사만생 누리리라.

너와 나 전생 인연 이어가려고
이 세상 한곳에 머물게 했네.
지난날 업과 덕을 주고받으며
온갖 시름 님의 품에 묻고서
내 마음 무량겁을 자비 속에 행하리라.
사랑 사랑 사랑하여 그님처럼
세세생생 베풀리라.

설레이는 마음

야아 모두 모이자 뒷동산에
아름다운 꽃잔치가 열렸어.
너도 보았지?
빨간 댕기머리 연분홍 치마 노란 저고리 연초록 바지
모두 새옷으로 갈아입고 뽐내고 있어.
실바람 타고 오는 향기에 취해
날 저무는 것도 모르고
서로 바라보는 눈빛이 맑고 맑다.

시절인연

꽃잎이 화가 나서 외친다.
나의 입술이 찢기어
빨간 피가 흐르고 있다고
소리 내어 울어도
사정없이 내리치는 다이아몬드같은 것이
후둑후둑 떨어진다.
허공에서 보석이 떨어지는 것이다.
꽃잎은 시절을 잘못 만난 탓이라고 마음을 달래며
이 다음 시절은 마음껏 향기를 낼 수 있도록
내 마음을 붙잡아야지.

더 머물고 싶어라

쌀쌀한 봄날의 뜰 안에
수줍고 우아하게
봄의 옷을 입고 모두를 반긴다.
수려하다 하여 수선화라고 이름했는가 보다.
추위에 얼어서
시꺼먼 나무만 있는 곳에
먼저 인사를 하는 노오란 꽃을 두고
발걸음을 돌릴 수가 없구나.

목단 꽃처럼

푸르른 창공에
노란 연기가 피어나면
자줏빛 치마 쪽에
호박으로 잔잔하게 수를 놓아
아직 퍼지지 않는 햇살에
흰 속치마 보일까
여미면서 걷는다.
아- 진하고 고귀한 아름다운 자태를
누구나 가지고 다녔으면.

너는 내 심정을 모르리

물새가 시린 발을 물에 담그고 물밑을 지켜보고 있다.

아마 먹을 것을 기다리나 보다.

수년 전 우리의 고단했던 시절도 생각난다.

모처럼 고기를 잡으러 냇가에 모였을 때

다른 벗들은 바지를 홀렁 벗고 물속에 들어서는데

나는 속옷을 바늘로 듬성듬성 기워 입어서

벗을 수가 없었던 시절을 잠시 새겨본다.

물새는 속옷을 입지 않으니 그런 심정을 모르리.

언제나 웃고 싶어

담장 밑에 노란 꽃이 줄지어 서 있다.

담장 안의 장엄이 더 고풍스럽다.

주인이 더욱 빛날 수 있게 바람에게 부탁한다.

나를 더 아름답게 보일 수 있도록

부채질을 잘 바꾸어 달라며 활짝 웃는다.

그 속에서 속삭인다.

나같은 꽃을 가진 자 없다고.

꽃들도 자신을 알고 있다

이슬처럼 내린 빗방울들에
여린 꽃잎이 힘에 겨워
봄바람 보고 아무리 눈짓해도
무거운 짐을 덜어주지 않는다.
꽃잎은 얼른 깨우치고
자세를 낮추고
오는 태양을 기다린다.

후회하지 않으리

파릇한 용기에 담아
한 번도 바르지 않은 빠알간 립스틱같이
철쭉 꽃망울이
시간을 다투며 더욱 선명하게 피어난다.
추위에 떨며 기다려온 세월을 마음에 새기며
더 마음을 내어 결실의 꽃을 피워야지.

꿋꿋한 마음

따뜻한 햇살에
보이지 않는 허공 속에서 소리를 지른다.
그 소리에 놀라
소나무 꽃망울이 터지며
노오란 가루들
무리지어 뭉게뭉게 퍼져간다.
늘 시원하고 여유있는 푸르름을 간직함은
굵은 기둥에 거북등 같은 두꺼운 옷을 입은
꿋꿋한 버팀목이 있어서라고 믿는다.

구름이 크게 우네

하늘이 울상이더니
후두둑 뚝뚝뚝
어휴 무거워서 힘들지?
한 줄기에 주렁주렁 다닥다닥 엮어서
세상에 내놓으려고
한 시간도 놀지 않고 일했는데
욕심이었나봐.
후-우 바람이라도
내 짐을 덜어주었으면.

모두의 웃음이 사라질까봐

보슬비 주우룩 주룩 따스한 봄의 훈기
담장 밑 울타리 속에서 즐거운 함성 노오란 입술
뽀죽이 내밀며 입맞춤 하듯이 사랑 속삭이네.

뽀오얀 오색의 아지랑이 보일 듯 말 듯
누가 뒤쫓아 올까 자취를 감추었네.
어어라 세월이 가져갔구나 너 가면 또 다시 오겠지.

소롯이 잠이 든 아가의 긴 속눈썹처럼
무한한 영원 속에서 눈뜰까 말까
아지랑이 속에 늘어진 버들가지 파릇한 입새처럼
언제나 꾸밈없는 그 모습으로 간직했으면.

나도 한 번 날아보고 싶어

나비가 춤추어 작은 파장을 일으키니
연푸른 잎새가 그네를 뛴다.
작은 잎새는 처음 타는 그네줄에
두 손 꼭 잡고 마음을 가라앉히고
마냥 신나는 여행을 즐긴다.
뛰-이 연초록 치맛자락이
나폴나폴 마음껏 멋을 부려본다.

공존

솔솔솔 가느다란 물이 뿌려진다.
멋있는 나무들이 욕심을 내려놓고
계곡에 사는 친구에게 양보한다.
친구도 마음을 내며
흐린 물을 보낼까봐 조심스레
다음 친구에게로 전한다.
대자연은
서로를 믿고 나누어 쓸 수 있는 진리를 알고 있다.

살다보면 그런 거야

무갑산 기슭 작은 숲속의
마보다 몸집이 커다란 바위에 부딪쳐서
아픔을 호소한다.
조금만 더 가보면
냇물에서는 편할 거라고
믿고 의지해본다.
강물은 유유히 흐르는데
우리는 왜 소란을 피우지.

나는 나야

아무도 찾지 않는 들판에
하얀 민들레 씨앗이 바람결에 날려
어디론가 머나먼 여행을 떠나면서 생각에 잠긴다.
나도 젊은 시절
노랑 옷을 입고 있었을 때 예뻤노라고
솔내음 맡으며
어디에 있어도 나는 민들레야.

할머니 걸음은 제자리걸음

활같이 굽은 자세로 제자리걸음을 하신다.
젊었을 때의 마음뿐.
어느새 할미꽃 되었나 보다.
그래도 마음을 내어 뛰고 싶다.

흘러가는 구름

연기처럼 피어나는 저녁노을에
많은 집들이 모여 살고 있나 보다.
그 속에서 울고 웃는
수없이 많은 대가족이 모두 그림으로 나타난다.
말없는 그 세계에서
꿈같은 행복을 꿈꾸어본다.

마음 닦으러 가는 길

날마다 날마다 유유히 흐르는 물 따라
창밖을 보며 스치어 지나는 순간
어머나
마당바위에 자라들이 떼 지어 일광을 즐기며
졸린 눈을 반쯤 감고 명상에 잠긴 듯
너무도 진지하다.
물속에서 너무 지루하고 갑갑했나 보구나.
오늘도 님 마중 가는 나는
너와 같은 심정으로
이 순간만이라도 님에게로 향한 내 마음이
늘 연꽃처럼 여여하기를.

무궁화의 조급한 마음

막 잠에서 깨어 눈 비비고 정신 차려 보니
내가 왜 이리도 게으른지.
피고 지고 화려함을 구경도 못하고
이제야 창문 열고 옆집을 들여다보니
열매를 맺고 있네.
어쩌나, 급한 마음에 조급증이 난다.
한숨 돌리고 마음을 내려놓으니
내가 아무도 없는 무더운 날씨에
보랏빛에 빨간 무늬를 새기려고
늦게 나온 거야.

줄 수 있어서 행복해

늠름한 느티나무 그늘 아래 갇혀 있던
난들을 옮겨 놓았다.
느티나무는
어린 것이 내 곁에 왔으니 잘 지켜주어야지 한다.
난은
아휴 시원해.
큰 나무 아래 있음을 알고 고마움을 느낀다.
진정한 마음으로 하면 보람 있는 일이야.

몸과 마음을 다 줄 수 있어

푸른 푸른 푸른산 싱그럽구나.
님 찾아 가는 길 더욱 아름답구나.
길섶에 서 있는 뽕나무도 신바람난다.
어린아이 볼처럼 팽팽 터질 것 같은
검은 열매에서 꾹 익은 내음이 풍긴다.
한 입 쏘옥 음,
내 하얀 가슴에 보랏빛 물방울이
톡톡톡
수를 놓아 너무 예쁘다.
아차 내가 마음을 놓아버렸구나.

마음을 열어 보면

올림픽대로를 휙휙 달리다 보면
잠실을 알리는 대형 누에의 형상을 볼 수 있다.
혼자 픽 웃었다.
내가 처음 만났던 오십의 여인.
오십 년 묵은 땟국이
누에의 얼굴 모습을 하고 계셨다.
어찌 살았을까?
그래도 본바탕의 심지가 굳어서
다시 한 번 마음 내어 티끌을 털어
지금은 한여름 넓게 핀 호박꽃 속에
수많은 벌들이 날아들어도
나눌 수 있어서 고맙다고
행복에 겨워 노오란 꽃잎을 드러낸다.
이제 내 마음의 향기를 내놓을 수 있는 여인.

흐흠, 아카시아 향기

아무도 부르지 않아도
어김없이 때가 되면 찾아들어
향기로써 내가 왔노라고
하아얀 쌀 강정 튀밥을 조청에 묻혀
한 움큼씩 놓은 듯 매달려 있다.
몇 달 전 너무 추워서 견디느라고
꽃송이가 작아졌어.
그래도 늦게나마
오월의 화려함을 같이할 수 있어서
모두 감사하고 고맙다.

묵묵한 결실을

두터운 입술처럼 툭툭한 잎새에
연한 자수정 알같은 보석 꽃이 핀다.
흔히 볼 수 있다고 나를 못 본 채 하지만
자세히 마음 내어 보면
간사하지 않고 어리석지 않고
세상에 물들지 않고 곱게 피었다가
뿌리에 오리알을 품은 듯
자기 자신에게 실다운 결실을 내어놓는다.

하루의 생이지만 보람있게

숲이 우거진 잎새 사이로

보일까 말까

아물거리는 무리들

같이 앉아 마음을 쉬고 있는데

들이는 숨에 내 콧속에 들어가

재채기를 일으키게 하는 먼지같은 생명

뜨거우면 커다란 양산 속으로 숨었다가

서늘하면 어른을 따라 둥글게 질서 있게 따라 움직인다.

하루를 살아도

위계질서의 철저한 법칙을 지키며

대자연을 따라 순응할 줄 알며

집착하지 않고 열심히 하루를 보내고 사라진다.

내 나이 40

누가 보아도
아기자기한 여성의 겉모습을 보이지 않는
마치 수년을 묵은 전나무와 비슷한 그녀
늘 푸르름을 양 어깨에 싣고
힘차게 내일을 향해
무수히 인내하고
기어가는 이나 날아다니는 이나
전나무 그늘에서 쉬어가듯이
여유 있는 마음으로
아름다운 내면의 향기가
오월의 푸르름으로 간직했으면…

동백꽃같이

잎새도 추워서 파랗게 질려 있는데
황금으로 된 왕관을 쓰고
빠-알간 용포를 두른 듯
선명하고 또렷한 모습으로

바닷바람에 당당히 섰다.
떠날 때는 흔적 없이 비울 수 있는 여여함에
더욱 아름답다.

젊음의 향기가

앞이 탁 막힌 무갑산 입구
산 정상이 보이지 않는 산길을 따라 오르려 하니
시원한 느티나무 벚나무가 몸과 마음을 쉬어가라고
휘어진 양 팔을 벌리고 손가락으로 반짝반짝
흐음 아카시아 꽃내음도 가슴 깊이 스며드네.
그냥 여기서 머물고 싶어라.

전생의 인연

겨우살이 준비로 모두가 제 목숨 보존에 최선을 다하는 시기
늙은 오소리가 속력 내어서 뛰어야 하는데 비쩍비쩍
그래도 짐승은 흔적을 남기지 않는다는 생각으로
짧은 하루해를 긴 밤 지새우고 돌아보니
다른 오소리가 맴돌며 떠나지 않아 보니 짝을 잃었다.
살짝 언 흙을 파고 묻어주었다.
친구를 잃은 한 마리
묻은 주위를 맴돌며 몇 날을 보내는지
사람은 가면 자기가 어려울 때나 생각나지
그리 애절하지 않은 것 같다.
못난 짓 하면 짐승보다 못하다는 옛말이 떠오른다.

남의 마음을 먼저 생각하라

보슬 보슬 꽃잎에게 촉촉이 뿌려준다.
갓난아기처럼 보드라운 살결이 다칠세라
고운 체에서 물 내리듯이 서로를 아끼며
다른 이의 마음을 살필 줄 아는 너그러움을
누구나 지녔으면.

한 운명이야

어미 독수리가 밤하늘을 난다.

한눈팔지 않고 두 눈을 부릅뜨고

높은 허공에서 길을 찾아 머나먼 여행을 하는가 보다.

그 몸속에 수많은 영혼이 담기어

같이 어둠 속을 헤치고 진주알같은 눈물을 흘리는가.

입이 귀에 걸리도록 즐거울까.

대업을 이루려면 눈 감고 타력의 힘이라도 빌려야지.

생각은 다르지만 모두 한마음

향하는 곳에 무사히 마음을 내렸으면.

내일로 미루지 말자

위잉위잉~ 언제나 있는 것 아니야
있을 때 잘해야 해.
후대에 걱정 없으려면
꾸준히 노력하는 것 보여줘야 돼.
날개를 쉴 사이 없이 분주히 움직이며
맛있는 영양제를 실어 나른다.
꽃들은 간지러워서 더욱 깔깔 대고 웃는다.

살아있으니 어찌하리오

뙤약볕이 쏟아지는 초여름

두 눈이 반짝

잎이 무성하니 더운 몸을 식혀볼까.

하늘을 향해 두 팔 버린 사이에

세 발가락으로 꼭 잡고 아래를 내려다본다.

탐욕도 내려놓고 살라는데

이리저리 두리번

혹시 기어다니는 것이라도 꿈틀대는지

쉬면서도 여러 생각을 놓지 않는다.

살아 움직이는 모든 것은 탐심을 버릴 수 없는가 보다.

살아 움직이는 모두의 생명수

구름이 머무는 것과 같아서 구름 뜰

수백 년 묵은 밤나무에 둥지를 틀고

비가 오려면 미리 울어주는 노오란 비호오 우는 새

맑은 샘물에 한 폭의 그림같이 어른거린다.

고사리 같은 손으로 한 움큼 뜨려면 손이 무척 시려웠던

청개구리가 더워서 생각 없이 뛰어들면

어머나

너무 차가워 뛰어나오는 청정하고 정겨운 그곳

그대로 있을까.

친구야 놀자

옛날이 그리워 그곳에 가보니
지난날 뛰놀던 옛 친구들
새까맣게 타버린 얼굴에
하얀 옥수수 알갱이같은 것을 드러내고
웃고 또 웃었을까.
동산에 진달래 꽃 피면
단풍잎같은 손으로 따서 먹으면
시퍼렇게 물든 입술을
서로 마주보며 입을 크게 벌리고 웃고 또 웃었던
정겨웠던 친구들
다! 어디에 있을까.
어디로 갔을까.

세월이 가면

솔바람이 스치는
눈감아도 다 찾을 수 있는
고향마을
목소리만 들어도 누구네
엄마 아빠.
어린 시절 나 그냥 머물지 않고
머리에 무서리가 내린 듯 여기에 있네.

인생이 이렇네

밀물처럼 밀려왔다
구름처럼 몰려왔다
구름처럼 흩어진다.
공허한 그 자리에
상처만 남겨지네.

엄마의 품안이 그리워

노을이 뉘엿뉘엿 차창 밖으로
그리운 엄마가 언제 보이려나 눈을 떼지 않는다.
엄마의 심장소리 따뜻한 품안이 그립고
뱃속에서 쪼르륵
왜 아직도 깜깜해지지 않는 거야.
밖으로 나가볼까
와-아 우리 엄마다 빨리 뛰어왔으면 좋겠다.
왜 그리 느린 거야.
산만큼 부푼 엄마의 가슴을 어루만지며
엄마와의 눈맞춤으로
말없는 엄마와의 이야기…

하루 낮이 왜 이리 길까

해가 산너머 걸릴 무렵

아기는 은근히 할머니께 마음을 보낸다.

얼른 알아차리지 못하면 아기가 화가 난다.

조금이라도 더 빨리 보고 싶어서

할머니의 등에서 마냥 울어댄다.

하루 종일 얼마나 그리웠는지 알아

이제 더 못 참아 앙-앙-앙

엄마가 오는 길목에 서성이면 아기가 조용해진다.

엄마의 따뜻함을 아기는 다리를 흔들며

멀리서 다가오는 엄마의 맑은 미소를

아가는 다리를 흔들며 반긴다.

걸을 수 있어서 행복해

아장 아장 걸음마
이제 엄마를 기다리지 않고
할아버지를 보고 신발 신으라고 현관으로 나간다.

아기의 마름이 바쁘다.
엄마의 맛있는 쭈쭈를 먹고 싶어서

퇴근시간보다 더 먼저
할아버지 자동차 조그만 의자에 앉아
손가락으로 라디오를 향해서 응 소리로…
할아버지는 웃으시면서 "엄마 앞에서 짝짝꿍"
아가는 마음의 조급함을 잠시 쉰다.

엄마의 몸속에서 듣던 심장소리가 그리워

나는 괜스레 화가 난다.
엄마가 밉다고 투정도 해본다.
나는 엄마가 너무너무 그립고 포근한 가슴에 안기고 싶다.

밤새 엄마 곁에서 엄마의 숨결을 맛보지 못했다.

순간순간 그립지만 채워지지 않는 나는 엄마가 좋지만
그 표현을 싫다고 내뱉는다.

엄마는 내 말이 진실인 양
떨떠름한 표정으로 어떻게 할지 모른다.
나는 정말 엄마가 필요해.

나, 집 못 찾아가면 어떻해

따뜻하지만 봄바람에 소름이 돋는다.
어른들의 말씀에 유치원을 가야 된다.

나는 가보고 싶고 또래 아이들과 놀고 싶은데 걱정이다.
소변은 어떻게 하지?
밥은?
할머니가 나를 그곳에 두고 안 오시면
나는 혼자서 어떻게 살아.

가보기도 전에 나는 긴장하고 밥맛을 잃고
끙끙 앓는다.
나도 해보고 싶은데…
나 혼자 버려지는 것 같은 느낌이
나를 바보같이 만든다.

진실로 살면 모두가 나를 믿는다

내가 너무 늦었지
기다려 주어서 고마워.
내가 너무 멀리서 오느라고
이제야 왔어.
너무들 목말라 있었구나.
나를 기다리지 못하고
주저앉은 그대들에게는 너무 미안해.
구름이 내 마음대로 움직이지 않아서
밤새도록 이야기해도 못할 거야.
모두가 나를 믿어줘서 고마워.

기다리면 좋은 날

허공에서 요란하게 굉음을 울린다.
이제 우리가 기다리는
옥구슬 같은 맑은 물을 먹을 수 있어.
지치지 말고 정신 차리고 때를 기다리는 거야.
옆집 누구도 부실해서 쓰러졌대.

기다리면 좋은 날
기다리면 감사하는 날
기다리면 나눌 수 있는 날

모두가 그대로
그 자리에 머물고 있으면 돼.

잊지 않고 찾아온 청개구리

안녕 안녕 안녕
창문 틀 모기장에 거꾸로
매달려 반가운 인사를 한다.
작년에 여기서 놀던 친구
이제야 왔다고 반가움에
꽥꽥꽥 소리가 더욱 크다.

여기 다시 오느라고
가슴이 벌렁벌렁
나 변하지 않았지?
정말 그대로구나 와줘서 고마워.
올 여름 내내 자주 들려
기다릴게 튀어나온 눈을 껌벅거리며
허연 배를 벌렁거리면서 나뭇잎을 닮은 등을
더욱 파랗게 색으로 표현하는 친구.

다른 것을 부러워하지 말자

작은 얼굴이 부럽다.
넝쿨이 마디마디 잎새에
노오란 꽃잎이

내 얼굴이 너무 큰가봐.
다른 아이 같으면 조금 맞을 텐데.
나는 이 맑은 물을 피할 수 없어.

사람들이 좋아하는 애호박의
결실을 맺을 수 없어.
누구에나 아무리 불러 봐도 소용없는 일

그래, 이 다음에는 예쁘게 생겨야지.

괴로움이 있기에 행복함을 느낀다

비실비실 수십 일을 물 한 모금 구경도 못했어.

어린 자식은 메말라 타들어가고

옆집도 쳐다볼 사이 없이 있는 힘을 다해 살아야 돼.

어휴우 몇 방울의 물이 떨어진다.

숨소리도 죽이며 더 뿌려주기를…

이제 살았구나.

눈이 번쩍 뜨이고 보니 나의 행색이 말이 아니다.

얼른 세수하고 옷도 단정히 입어야지.

단비같은 보배의 약이 있었으면

붉은 태양이 날마다 떠오르니
우리들이 살아갈 수가 없어.
한숨소리에 태양이 숨어 버렸어.
이제야 살았다.
타들어가는 목을 축이니 살 것만 같다.
몸이 아픈 모든 이들에게도
단비 같은 보배의 약이 내렸으면…

짐 벗어 던지면 가벼워

진흙투성이가 된 떡잎을
떨어버린다.
너무 오래 살다 보니 낡아버렸어.
재생해서 쓸 수도 없고
아깝지만 털어버리자.
무거운 짐 지고 가느니
가볍게 가자.

많이 가지면 많은 걱정
이제야 놓고 나니 가슴이 후련.

흙이 차가워서 발을 동동 구른다.
조용히 맞이하고 싶은데
허공에서도 너무 서러운가 보다.
이렇게 많은 눈물을 쏟을 수 있을 만큼
가슴앓이를 했나 보다.
흙이 아픔을 같이 겪는 것은
몸이 떠내려가는 자신이 우리들의 마음인 거야.

때가 왔어

계곡에서 넘쳐흐르는 시원한 바람
산새도 조용히 때를 기다리더니
오늘은 새벽부터 단잠을 깨운다.
며칠 동안 우리들의 이야기도 못했잖아
나는 참나무 잎 아래에
옷 젖을까봐 웅크리고 있어서
어깨가 아프다.
창공을 휘이 날을 수 있으니
멀리서 있는 것을 볼 수 있어서
몸도 마음도 훨훨.

수행자와 아가의 만남

새소리 물소리에 취해
마당을 한 바퀴 휘-이
엄마 품에 안긴 아기가
낯선 곳을 익히느라 눈만 두리번
아기는 캥거루처럼 엄마 가슴에 더욱 몸을 붙인다.
아기의 눈에 낯선 사람의 모습이 보인다.
누구냐?
새까만 머리도 없고
옷은 엄마처럼 예쁘지 않고 천을 두른 것 같고
괴물이냐 아니냐.
눈이 나하고 같아 마음이 통할 수 있어
이야기할 수 있어.
그런데 이렇게 큰 아기도 있어?
크면 어때 눈가에 미소 같으면 되지.

몸을 쉬고 나니 마음이 보여

창을 열고 밖을 보니
푸르름이 더해 검푸르다.
언제나 그 자리에 있었건만
오늘 보이는 것은 무엇인가.
모처럼 마음을 쉬고 있었나 보다.
어디 몸도 편안히 해볼까
오랜만에 누워서 하늘을 보니
아무 것도 없어
그 자리에 많은 그림을 그려도그려도 그려지지 않는다.
우리의 마음도 비우면 많은 것을 담을 수 있을 텐데.

누구를 믿어야 될까

아빠 엄마가 출근할 때 웃으면서 보내고 돌아서면

나는 외롭다.

할머니는 언니 엄마고, 나는 더불어서 그냥 놀아야 된다.

마침 고모할머니가 오셨다.

나는 고모할머니를 꼬옥 붙잡아야 된다.

나하고 놀아 줄 수 있으니까.

할머니 말씀이면 잘 들어야지.

쉬 하라면 쉬 하고 밥 먹자 하면 먹고

칭찬이 점점 ……

아 나는 누구 말을 잘 들어야 하는지 알아.

그래야 오늘 하루 엄마 잠시 잊고 웃을 수 있어.

저녁에 엄마 오면 내가 참고 있었던 것을

엄마한테 내놓으면 엄마는 웃을 수 있는 내 엄마야.

나는 할머니를 믿고 있어

나는 4살 애늙은이 소리를 참 많이 듣는다.
내가 얼마나 노력하고 있는지 아빠 엄마도 모른다.
나는 할머니를 엄마처럼 생각하고
할머니 생각과 말씀을 잘 알아듣고 실천해야 한다.
어린 나는 얼마나 힘겨운 일인 줄 아느냐고
그래서 얼마를 보면 싸늘해지고 미운 마음이 든다.
사실은 엄마에게 나의 이러한 마음을 알리지 못하고
나도 엄마의 마음을 다 아는 것 아니다.

누나는 나의 선생님

우리 누나는 미련하다.

엄마에게 늘 꾸지람을 듣고 산다.

그런데 우리 엄마는 나만 보면 웃으신다.

누나는 처음이라서 엄마의 마음을 잘 모르는 것 같다.

누나가 엄마에게 꾸중을 들으면

나는 그런 일을 다시는 하지 않는다.

둘째로 태어난 것이 너무 좋은 것 같다.

내가 첫째였으면 하지 말아야 될 것이 더 많았을 것이다.

내 나이 6살이지만

엄마가 무엇을 원하는지 누나만 보면 안다.

내가 오빠이니까

내 여동생은 6살인데 아직 한글을 모른다.
내 마음이 이렇게 답답한데 내 동생의 마음은 어떨까.
여동생은 아무 것도 모르고
나 공부할 때 같이 놀자고 보챈다.
내 속이 터질 것 같다.
동생을 데리고 조금 놀고
같이 공부하자고 약속하고
같이 즐겁게 놀았는데 너무 많이 놀아서
아빠 엄마 퇴근 시간이 다 되었다.
오늘은 내가 동생에게 졌다.

이겨 보고 싶은 형

우리 형은 나의 선생님이다.
두 살 더 빨리 태어났는데 은근히 심술이 난다.
무엇이든지 형 먼저 맛있는 것
또 나는 형이 입었던 옷
어느 때는 형을 이기고 싶은
형을 한번 쓰러뜨리고 싶은 마음이 일어난다.
어느 날 형이 할머니 댁에 혼자 갔다.
나는 혼자 심심해서
같이 갈 걸 생각한다.
형이 무척 그립다.

애벌레 시절의 꿈

나뭇잎이 머물고 있는 듯한 한여름
그 그늘에서 한바탕 놀고 싶은데
한 달이 넘게 우중충한 얼굴로 매일 쏟아지니
나는 땅속에서 7년이란 긴 세월을 기다리고 기다렸는데
옛 친구들과 함께 흥에 겨운 한가락 읊어보지도 못하고
그래도 내가 변한 것은 다행인 거야.

보이지도 않는데 누구라고

우리 엄마 목소리가 점점 커진다.

우리 엄마 몸속에 내 동생이 생겼대요.

나는 엄마하고 놀고 싶은데 엄마는 귀찮아해요.

시무룩한 나는 재미있는 일을 하면

엄마는 소리를 질러 안 된다고 하신다.

나는 갑자기 혼자가 된 기분이다.

누구를 믿어야 될까 아빠?

아빠는 밤에 잠만 주무시고 가신다.

엄마가 하는 일을 같이 하면

엄마는 짜증이 심하다.

나는 어떻게 해야 할까.

잘못 움직이면 다쳐

주룩주룩 밤인지 낮인지 모르게 쏟아진다.

가로등도 뿌옇게 빛을 내고

풀벌레도 꾹 참고 때를 기다린다.

입이 크고 등이 우둘투둘한 두꺼비도 가만히 있을 수 없어

불나방이라도 있을까 슬금슬금 가로등 밑 옆에서

불룩 나온 배를 오므리고 앉아 세월을 보내고 있다.

엄마, 나는 어쩌라고

우리 아빠는 성품이 원만하다.

아빠는 술을 좋아하신다.

그래서인지 누구나 아빠를 좋아한다.

엄마는 단정한 성격에 흐트러짐이 없는 분이다.

나는 두 분의 분위기가 좋아서

엄마 아빠 사랑의 씨앗으로

엄마 몸속에서 엄마가 웃고 우는 것을 같이 겪게 된다.

내 심장이 갑자기 더 뛰는 듯하다.

왠일일까 생각해보니

아빠의 술기운이 나에게 전해졌나 보다.

내 심장이 뛰어 엄마는 같이 열이 나서 괴로워한다.

엄마는 아빠의 성품을 맞추느라고 열이 더 난다.

내 몸속에 두 분의 열을 어떻게 삭히고 살아야 될지

몸에 열꽃이나 피지 않을까.

두 주먹 불끈 쥐고

나는 몸집이 커져서

엄마의 몸속에서 그만 나올 때가 되었다.

나는 처음으로 크나큰 고통을 겪어야 된다.

엄마는 소리라도 지르지만 나는 엄마의 10배 고통을

동그란 내 머리가 조롱박처럼 변하도록 누구도 모른다.

그래도 모든 분들이 기다리고 있는 기쁨에 괴로움도 잊고

세상을 향해 있는 힘을 다해서

가까운 인연 처음 만나는 분들께 나를 보여드려야지.

큰 소리로 나를 알려야지 응-아

눈물이 나도록 모두 반가움에 축하축하!!

아무도 몰라

별들도 보고 웃겠지
허상에서 헤매인다고.
나를 찾고 나를 보기에 힘이 든 것을
세월에게 물어볼까 나는 누구냐고
그냥 세월에게 묻혀 산다고.
구름 곁에 가볼까
내가 있을까
모두가 허망한 것을
탐진치에 지혜 어루어
모두가 욕심이야
다 놓으면 편안한 것을.

늘 여기에 있어

둥근 달을 만나본 지가 너무 오래된 것 같다.

모두 달을 잊었을까.

눈앞에 현란한 불빛에 속아서

눈이 시리도록 무심히 모습을 드러내는 달을 보지 못한다.

계절이 지나고 또 지나도 소리 없이 내 곁을 지켜준 달인데

빠르게 변화하는 주위 풍경을 따라

내 눈이 바라보는 것도 변했나 보다.

언제나처럼

빠알간 고추잠자리가 하얀 버선코를 사뿐히 내딛는 듯 춤추며 너울너울 허공에서 자기만의 멋을 부린다.

어허 벌써 이렇게 세월이 갔네. 나무가 무거운 짐을 덜어내느라 휘청휘청 서서히 몸무게를 줄인다. 늙는 것도 아쉬워하지 않고 있는 그대로 늘 즐거워하며 모습을 바꾸어간다.

나를 좀 봐봐, 내가 행글라이더같이 바람을 타고 기나긴 여행을 할 거야. 한꺼번에 우수수 하면 누구도 나를 예쁘게 보지 않아. 엄마 품을 못 떠나는 큰 애기처럼 매달려서 버석버석 비명만 내놓지 말고 탁 털어버려 봐.

나는 다 알아

대가족이 함께 사는 시끌시끌한 환경에서 나는 여러 얼굴을 익히 느라 무척 바쁘다.

혼자 자고 싶어도 나를 자꾸 들여다보느라 나는 쉴 사이 없이 엄마가 달아놓은 여러 가지 모양을 볼 사이 없이 여러 식구 손에서 자랐다. 이러한 덕분에 나는 아직 말은 못하지만 빨리 걸을 수 있었다.

따스한 봄날 마당을 나서 길가로 나가는 대행진을 했다. 할머니는 내가 다칠까봐 같이 뛰신다. 나는 할머니 손에 잡히고 말았다. 그런데 증조할머니는 뛰어보니까 나만큼 못 걸으신다. 그래서 나는 증조할머니와 걸을 때는 증조할머니의 손을 잡고 천천히 걷는다. 증조할머니는 나를 보고 대견해 하시면서 웃으신다. 손잡은 할머니의 손이 따스하다.

아름다워라, 선암사

적적요묘한 조계산하 선암사
역대조사 신념 아래 이곳이 있고
옛분들의 모습이 아련히 피었네.
가을단풍이 연꽃으로 보이는 듯
이 마음 아련히 매혹되네.
백천만겁의 조계산하 선암사
일체중생 교화하신 옛 선사님
뭉게구름 떠돌듯이 이곳에 맴돌며
내 마음에 보리심 멀어질까 하여
별빛 되어 찬란히 이곳에 비치네.

자신의 등불 켜는 반딧불

반짝 반짝 반짝
하루 종일 반짝거리고 다녔는데
누구도 나를 보지 못하는 거야.
내 마음의 등불을 꺼지지 않게 하려고 수행을 했는데
이곳저곳을 다녀봐도 나를 알아주는 동무가 없네.
저녁 먹고 다시 세상을 밝게 비춰주어야지 흐~
이때 갑자기 내가 보였나봐.
따뜻한 굴속에 갇혔어.
어떻게 하지 숨을 쉴 수가 없어.
내가 너무 교만했나 내가 너무 세상을 얕봤나
따뜻한 이 굴속은 어딜까 정신을 차려야지.
굴속이 조금씩 열렸어 이때다 얼른 도망가야지.
다 살아보지도 못하고 숨 막혀서
나 혼자만 밝은 빛을 내는 것이 아니야
모든 생명들이 모두 빛을 내고 있어.

모든 이의 간절함을

누구의 마음일까
누구의 눈물일까
홀로 눈물지을까
인생에 무상함을 지켜보듯이
묵묵히 모진 역경을 딛고
뜨거운 가슴속을 삭히고 있을까
아직도 남았을까
다 못 태운 마음

스산한 바람일까
허전한 마음일까
아물거리는 촛불
어디론가 가버릴까 마음 조이며

애태우는 꿋꿋한 심지

온갖 시름들 이곳에 모으며

희망의 밝은 빛을

온누리에 가득히 피우고 싶겠지.

나는 예술가다

히히히 누구도 시꺼먼 나를 징그러워서 공격하지 않을 거야.
혼자 속으로 웃으면서 내 할 일을 구상한다.
내 몸이 중간 체격이니 떨어지지 않는 곳에
멋지게 만들어야지.
내 몸속에 보물이 있는 거야.
내 속눈썹같이 가느라단 실을
뿌리가 튼튼한 기둥에 줄을 맨다.
하루에 다 지을까? 얼른 해야지.
저녁때 아무것도 모르고 까불며
급하게 날아다니다가 부딪치면 내 밥이야.
내가 얼마나 고생했는데.

어른이 된 애기

와아 성공이다. 내가 이 세상에 태어났어, 그것도 강남에서. 우리 아빠, 어려움도 즐기며 사는 의사이다.

우리 엄마, 예쁘고 마음씀씀이 여리시고 공부벌레 의사로서의 외길을 걷는 훌륭한 우리 엄마. 태어나서 3개월 휴가에도 틈틈이 논문을 마치며 내 옆에 있었다. 이제부터 나는 엄마를 기다리는 애기다. 한낮이 되면 엄마는 여의도에서 강남까지 나를 위해 쏜살같이 달려온다. 들어서자마자 앞가슴을 헤치고 맛있는 나의 밥을 내놓으신다. 나는 바쁜 엄마의 모습에서 얼른 빨리 먹어야 된다. 내 밥이 장난감 물총처럼 쏘아대도 나는 꿀꺽꿀꺽 먹어야 하고, 사래가 걸려도, 입 옆으로 밥이 흘러도 잘 견디고 먹어야 한다.

소젖만 안 먹어도 얼마나 행복해, 한밤에도 엄마 냄새 맡으면서 쌔근쌔근 잘 잔다. 우리 엄마, 낮 시간은 환자들과 씨름하느라 너무 고달프다. 내가 열 달 동안 엄마 몸속에서 지켜봐서 알 것 같다. 아무리 놀아 달라 발길질해도 엄마는 시간이 없다. 나는 엄마를 불편하지 않게 하는 것이 서로를 도와주는 것 같다. 나는 잘 먹고 튼튼해서 여러 사람 고달프게 하지 말아야지.

믿어봐

빨간 노을 사이로 울리는 범종소리
가만히 두 손 모아 서면 떠오르는 말씀.

새벽안개 사이로 맑은 풍경소리
감사히 별빛 아래 서면 떠오르는 말씀.

모든 중생 번뇌망상 버려라.
본래의 깨끗한 마음으로 정심하고 나를 찾는
그대의 마음을 나는 알고 있노라.

우리들의 마음

비솔바람 수수수 낙엽에 부딪치며 스치고
산사에 가녀린 아낙의 참회기도
가족의 안녕일까 나의 참모습일까.
뒤엉킨 모습이여
타는 가슴 가을비가 식혀주네.
인간살이 소리가 멀리까지 들린다.
누구의 비명인가
누구의 넋두리일까
어리석은 마음은 언제나 조바심일까.
인생은 풀끝에 아침이슬 같은 것을
저 산 넘어 또 산인 것을
마음에 등불을 지키겠다고 발원한다.

뒤돌아보자

연꽃잎이 넓고 넓구나.
온갖 시름 모두 다 연꽃 속에 묻고
밝은 웃음 가벼운 마음으로
부처님전에 예배드리고
어리석은 내 마음 참회하면
그 님은 미소로 나를 반긴다.

안개 속의 삶

너 아직 꿈자리에서 깨어나지 못하였구나.
누구나 비바람 천둥번개 모질게 때리고 나면
검은 구름 속에 묻혔던 하얀 얼굴 따사로이 내밀듯이
인간사 모두가 더불어 사는데
가슴속에 외로움을 묻고 있을까.

너, 지금 악몽에서 깨어나고 있었구나.
누구나 고집멸도에서 벗어나지 못하는 것을
온갖 번뇌 시름에 젖는 마음
안개 같은 것을 깨우치려고
모든 것을 비우고 있구나 모든 것을 잊고 있구나.

두 눈 감고 걷고 있는 인생이지만

높으신 성인의 말씀에 마음의 눈 밝아짐에

진리의 뜻 새기며

온 누리에 뜨거운 마음이

시방세계에 광명이 두루 비치네.

내 발자욱

산골짜기 흐르는 계곡
별빛 가득한 사원의 풀벌레 소리
모든 시련 잊은 채 두 손 모아 참선하면
부처님 실눈 뜨시네.
어리석은 중생아 마음을 깨쳐라.
그님은 은근한 마음으로
나를 반긴다.

보이지 않는 바람

나는 어디에 있는가
어허라 어허라 나를 볼 줄 모르겠네.
허공 속에 묻혀 있는 티끌일까.
무엇을 찾으려고
두 눈이 가리운 어두운 밤에 허덕일까.

나는 어디에 가는가
어허라 어허라 내가 가는 곳을 향하여
세월에게 전하고 싶어라
계절이 바뀌지 말라고
먼동이 트는 하얀 햇살을 맞으리라.

좋네 좋아 무갑산

찬란한 태양 빛이 불끈 솟아 떠오르는
무갑산 줄기마다 힘 솟은 소리
산새들도 즐거워서 목청 높여 지저귀는
아름다운 우리 고을 영원히 간직하세.

한 조각 흰구름도 머물며 쉬어가는
무갑산 기슭 아래 수많은 우리들 모였네.
무슨 설움 쌓였는지 눈물조차 흘어지고
세상살이 서러워도 마음만은 따뜻하여
여물어가는 서정 속에 인생도 익어가네.
아름다워라 우리 마을 무갑리 우리 마을.

🍃 **법수 스님**

• 현 무갑사 주지

어머나, 그렇구나

초판 1쇄 인쇄 2012년 3월 2일 | **초판 1쇄 발행** 2012년 3월 9일

지은이 법수 | **펴낸이** 김시열

펴낸곳 도서출판 운주사

　　　　(136-034) 서울 성북구 동소문동 4가 270번지 성심빌딩 3층

　　　　전화 (02) 926-8361 | **팩스** 0505-115-8361

ISBN 978-89-5746-309-3 03810   **값** 10,000원

http://cafe.daum.net/unjubooks 〈다음카페: 도서출판 운주사〉